인향문단 시선

내 인생의 그날

최인호

최인호(崔仁昊) 시인은 52년 경기도 평택 출생으로 본명은 최인균입니다. 대학에서 법학, 일본어를 전공하고 변호사사무장 및 법 관계 일에 종사하다가 퇴직하였습니다. 현재 고향 평택에서 주상복합아파트 관리소장으로 근무하고 있습니다. 학창시절 동경해오던 시작생활을 꾸준하게 해오다가 인향문단 회원으로 작품활동을 하였습니다. 인향문단에 시를 발표하며 등단하였고 시집 "내 인생의 그날"을 출판하였습니다.

인향문단 시선 013
내 인생의 그날

초판 인쇄일 2020년 6월 30일
초판 발행일 2020년 6월 30일

지은이 최인호
표지사진 조성근
펴낸이 장문정
펴낸곳 도서출판 그림책
디자인 토마토
출판등록 제2010-000001
주소 경기도 수원시 영통구 이의동 웰빙타운로 70
연락처 TEL070-4105-8439 (010)2676-9912
E-mail : khbang21@naver.com

- 표지사진 작품은 한국사진작가협회 전수원지부장 조성근 씨 작품임.

내 인생의 그날

최인호

내 인생의 그날을 펴내며

- 崔仁昊

그날,
유난히도 햇빛이 찬란했던 날
스치는 한 점 바람과
신선한 공기,

파아란 하늘에 떠가는 흰구름
길섶 한 켠에 밟히는
잡초 한포기가 새로워 보이던

그날,

동네어귀 개울가에 피어오르던 아지랑이,
내 곁을 무심히 지나치던 사람들과
곁을 따르는 애완견까지…

이들 모두가 고맙고 반갑게 느껴지던
그날,

나는 세상에 다시 태어났다

그 동안 아무 것도 모르고 살아온
반평생의 긴 세월들이 어릴 적 날리던 방패연의
연강개(얼레)처럼,

연실 거꾸로 돌아간다

이때부터 미친 듯이
나는 自轉的 詩쓰기의 삶에 빠져들기 시작했다

그동안 학창시절부터 시작해
동경해오던 詩作生活이지만
잘 쓰고 못 쓰고에 연연하지 않고

오직 그때 그때의 생활 속에서
느낀 것을 표현하고 팠던 日常들을
하나씩 하나씩 기록한 것이
오늘의 나의 自傳的 詩가 되었다.

그 동안 인향문단의 방훈편집장님의 지도로
틈틈이 자작시를 발표하여 오다가
오늘에 이르러서야 나의 시집을 출판하게 되어 기쁘다
또한 시집 편찬을 위하여 수고하여주신 편집위원님들과
곁에서 교정과 조언으로 수고한
집사람에게 고마움을 표하고 싶다.

2020. 6. 15.
崔仁昊

최인호 창작시집 - 내 인생의 그날
CONTENTS

3부
아름다운 사람

인향문단 시선

내 인생의 그날

시화

친구가 오는 소리

-최인호

친구가 오는 소리가 들린다
그 소리는 나를 향한 소리이기에

나는 작은 소리도 감지할 수 있다
오늘 내 귀에 들려오는
친구가 내게 다가오는 소리…

마음을 울리는 반가운 소리이며
가슴에 하트를 그리는
아름다운 소리이다

친구여! 어서 오시게
봄비 타고 오는
친구의 발자국소리가
나의 귀전을 울린다

매화꽃
-최인호

매화꽃의 그 연한 알몸은
춥지도 않은가 봐

화사한 미소로 그 기품을
선사하니

꽃봉오리를 볼 때마다
그 아름다움을 지켜온
인내 뒤의 아픔은

연하디 연한 자태 뒤에
숨어서 보지 못하네

진달래

-최인호

날 보러 오라하네
날 보러 오라하네

앞산의 진달래
뒷산의 진달래

양지 진 그윽한 곳마다

진홍빛 진달래가
날 보러 오라하네

애타게 부르는
그 목소리 메아리 되어
날 보러 오라하네

진한 그 빛바래어진
연분홍 진달래가

날 보러 오라하네

친구가 그리울 때는
-최인호

친구가 그리울 때는
하늘을 향해
친구의 이름을 불러봅니다

오늘같이 바람 불고 쓸쓸한 날은
멀리 있는 친구가 그리워집니다

내가 그리워하는 친구는
무엇을 하고 있나요

봄바람에 이내 마음 실어 보내니
따듯한 남풍의 봄바람에
편지 한 장 보내려무나

그리운 친구여

남쪽을 향한 나의 안테나는
오늘도 너를 향해 주파수를 맞추어

귀를 쫑긋이 세우고
너의 소식을 기다린다오

우리들 마음
-최인호

우리들 마음에
용서가 있다면,

우리들 마음에
양보가 있다면,

우리들 마음에
사랑이 있다면,

우리들 마음의 색깔은
파아란 색깔로
변하지 않을까

우리 모두가 파아란 마음을
마음주머니에
가득 담아 보아요

일심동행一心同行

-최인호

당신의 가는 길이 힘드시면
나한테 기대시지요

이 몸이 조금은 나은듯하오
당신이 가시면 나도 가지만

아픈 다리 지친 길에서
이 사람의 손이라도 잡으면

잠시나마 지친 몸이
쉼을 얻지 않겠소

어려워말고 손이라도
어서 내어 보시요.

1부

작은 등대 되어

흔적들

우리의 삶은 끈으로 매여진 줄이 아니다
이 삶이라는 것이 무시로
이승과 저 세상의 문턱을 넘나든다

오늘도 이 경계선을 넘나들며
드나듦이 심했던 시간들이었다
고달픈 삶의, 피의 흔적들이 남아 있다
이러한 피의 흔적들이 모여서
아름다움을 만들어 낸다

오늘도, 내일도, 모래도, 마지막이 될
먼 훗날 까지도 계속 될 것이다

텃밭의 장난꾼

아침에 일어나보니
힘들여 심은
열무와 시금치, 쑥갓들의 푸념이다

텃새인 참새들의 목욕으로
온통 아수라장의 전쟁터가 되었네

참새들은 며칠 전에
공들여 심어 놓은 상추와 열무
채소의 새싹이 돋고 있는데
흙으로 니들이 목욕을 하다니
너무 화가 나지만
간신이 화를 가라앉히고
다시 심기로 마음 먹었다

새들도 목욕은 해야 하니까…
끌끌

목욕 잘하고
대신 좋은 자연환경을 주어라

까아만 하늘이

까아만 하늘이 내려오네요

서둘러 퇴근길에 올라
내리 달려오는 퇴근길에
동네 어귀 동산 밑을 바라보니
까아만 하늘이 내려오네요

이른 아침 등 뒤로 하고 떠나온 동네
그 동네가 까만 하늘이 내려앉는 듯
까아만 어두움이 쏟아지고 있네요

깜박이는 불빛 사이로 대문 열고
목 내밀어 기다리는 그 사람을 마주하고
내 장막에 들어서는 이 생활이
종반부에 접어들어 걸음을 재촉하네요

내 삶의 터닝포인트에서 한번 뒤돌아보는
길목에 서있는 나를 발견해 봅니다

황새의 꿈

푸른 논뜰 위로 황새는 날고 싶어요

꼬불꼬불
논밭 이랑 사이로
황새는 노닐고 싶어요

흰칠하고 날씬한 길조(吉鳥)인
복원된 황새는 갈 곳이 없네요

개구리, 미꾸라지, 웅어가 헤엄치는
실개천과 논뜰을
황새의 꿈으로 돌려주세요

아름다운 방앗간

오늘도 아름다운 방앗간은
돌아간다

이른 아침부터 시작된
방아질이다

한 입, 두 입, 넣은 방아질은
맛있게 곱게 찧어져
향기로운 영양분으로 변하여
나의 몸 곳곳으로 공급된다

이보다 더 아름다운 방앗간은 없을 것이다

아름다운 방앗간
사랑스런 방앗간

아침, 점심, 저녁, 간식과 더불어
방아질은 계속된다

지금 당신의 방앗간은 어떠신가요?
쿵더쿵 쿵덕

이제 좀 쉬어야지요

도시의 아침

도시의 아침은
교향악의 향연장이다

바쁘게 돌아가는
일상의 삶 속에서
발생하는 음악이 아름답다

멀리 달음질하는
전철의 소음도
주변의 자동차소리와
어울린 합주의 향연이다

시내버스에서 나는 작은 소음도
정거장에서의 노선안내방송과 어울러서
도시의 교향악으로 변한다

리어카 노점상의 호객 행위소리
이 모두가
아름다운 선율로 변한다

비록 안개 낀 듯 짓뿌연 하늘이라도
한번 올려다보고
도시의 아침을 노래하자

소회(所懷)

내가 살고자하면
죽을 것이라 했다
사는 날 동안 부끄럼 없는
삶을 살아보려 했다
이 밤이 다 새기 전에
그동안 가까운 이들에게
고마움의 편지나 해야겠다
마지막 내 기운이 소진(燒盡)되는 날까지
순간순간마다 최선을 다해 보련다
창밖에는 오늘따라 유난히도
달빛이 밝구나

이렇게 마음이 아픈 날에는

이렇게 몸이 아픈 날에는
이렇게 마음이 아픈 날에는
곁에서 따끈한 차 한 잔 챙겨줄
친구가 있었으면 좋겠네

설령 가까운 친구가 없다면
멀리서라도 내게 안테나방향을 맞춘
아름다운 사람이 있었으면 좋겠네

창밖에는 짓궂은 봄바람이 불고 있지만
내 있는 곳에는
따듯한 바람이 불고 있겠지요

아름다운 사람이여
그리운 이여

이 좋은 계절이 다 가기 전에
내 곁으로 돌아와 주오

그 사이

그래도 그 사이는 아름답고 행복한 사이이며
너무도 사랑하는 사이입니다

가끔 퉁퉁거리며 말대꾸 않는 때도 있지만
그 사이는 이 세상에서 가장 아름다운 사이이며
죽고 못 사는 너무도 사랑하는 사이입니다

이른 새벽부터 시작되는 생활현장의 삶터 일과 속에서도
서로 마음 안 맞아 애타는 때도 있지만
그 사이는 묵묵한 양보와 포용을 접목한
너무도 아름다운 사이입니다

오늘도 그 분은 말씀하십니다
내가 너희의 마음을 아신다고
매사에 먼저 감내하며 용서하는 것은 물론
그 사이는 묵묵히 무뚝뚝하게 넘어가고 마는
속가슴으로 삭이며 지극히도 사랑하는
너무도 아름다운 사이입니다

하고픈 말 많이 있지만 자제하며 지켜가는
아침햇살에 반짝이는 영롱한 이슬처럼

두 사람 사이는 서로가 서로에
사랑의 울타리로 연결 되어 아름답게 빛나는
너무도 사랑하는 아름다운 사이입니다

봄바람

봄바람은 얄미운 장난꾸러기
그새 포근한 바람이
사나운 바람이 되었네

논뜰 건너 누나네 집
앞마당 밭떼기에 냉이 캐는 누나
분홍치마 속 고운 살결
간지러주고 도망 나온 봄바람

지금 그 바람이 창밖에서
날더러 나오라고 유혹한다
바람난 봄바람이

안 돼 안 돼
우리 집사람이 밖에서
망보고 있잖아

고귀한 눈물

아침부터 내리는 부슬비는
우리들의 만남을 추억이라도 하듯
부슬부슬 소리 없이 내린다

외로운 이에게는 만남의 기쁨을
슬픈 이에게는 아름다운 웃음을 주고파
고귀한 눈물 되어 내린다

오늘은 어릴 적 잊지 못할 추억의 초등학교
선생님을 만나는 날이다

이제 뵈면 마지막이 될지도 모르는
선생님과의 만남을 주선한
초등학교친구에게 고마운 마음이 든다

그 어릴 적 아름다움 간직하여
선생님과 연결한 그 고운 마음
오래오래 간직하라고 사진 한 방
부탁하여 작품을 만들어 본다

스승의 고귀한 은혜가 아름다운 시냇물 되어 흐른다
내 마음속 깊은 곳까지 금빛 물결 되어 흐른다

가슴에 메아리 쳐 흐른다

마음이 답답할 때는

마음이 답답할 때는
방문을 열고 밖으로 나와 보십시오

밖에는 당신을 기다리는 이들이
알알이 빼곡히 있다는 사실을
당신은 알고 계십니까

당신을 기다리는 이름 모를 새와
감미로운 바람과 꽃잎에 매어달린
영롱한 빗방울이 당신을 맞이하지요

가만히 주위를 살펴보면
당신과 나를 기다리는 이들이
얼마나 많은지 모릅니다

그동안 일상생활에 찌든 마음 말끔히 떨어버리고
아침결에 풀잎에 맺혀 영롱하게 빛나는 참이슬처럼
마음이 답답한 이들은 다 방문을 열고
밖으로 나오십시오

그곳에는 당신을 기다리는
수많은 이들이 당신에게 초점을 맞추고
오늘도, 지금 이 시각에도
방문이 열리기를 고대하며 기다리고 있습니다

숲속의 아침

숲속의 아침은 고요하다
이른 아침 숲속을 걷는다

아무 말 아무 이유도 없는지
파란 하늘과 맑은 공기와
향기 나는 꽃들과 이름 모를
새들과 불어오는 계곡의 신선한 산들바람과
조용히 속삭이며
숲속의 아침을 즐기며 걷는다

연신 파아란 하늘을 올려다보며
히죽히죽 웃는다

그 무엇이 그 사람을 재미있게 했을까

이 숲속의 아침에 맑은 새소리를 들으며
나도 한번 흉내 내어 본다

똑똑똑똑 또로록 똑똑

숲속의 애증

숲속의 애끓는 어미새의 울음소리가 울려 퍼진다
이제 갓 낳은 아기새들의 짹짹거림과
어미새의 경계의 울음소리가 뒤얽혀
더 절박하게 숲속을 가른다

내 새끼 건드리지 마라
어미새와 아빠새의 애타는 교대근무로
새끼들의 평화가 지켜진다

현대인들의 요즘 행태를 보면
배울 점이 많은
숲속의 애증의 아름다운 장면이다

평범한 삶

평범한 삶을 산다고 하는 것은
그리 쉽지는 않지요

그렇게 살려고 하면
주위에 방해꾼들이 많이 있지요

휴일 아침에도 여지없이
장애는 생깁니다

하지만 평범한 삶을 위해
나 자신이 한발 물러서는
아량과 여유를 가져보심이 어떨까요

마음이 아름다우면

마음이 아름다우면
얼굴이 반짝반짝
빛이 나고 고와지고
아름다워진다

당신의 마음은
오늘 주말 아침에도
아름답게 피어오르고
있겠지요

그러면 당신의 얼굴은
맛있게 잘 익은 사과마냥
곱게 곱게 빛이 나고
아름다워 지겠지요

그 고운 얼굴과 입술로부터
나오는 아름다운 향기는
많은 이들에게 즐거움과
사랑의 매개체가 되어
나비처럼 너울너울
날아서 예쁨을, 아름다움을
전해줄 겁니다

아름다운 사랑의 마음을

문득 그대가 보고 싶을 때

문득 그대가 보고 싶을 때
가만히 하늘을 올려다보고
그대를 생각합니다

지금 이때쯤일 텐데
일본 홋카이도의 파란 하늘과
도야호수의 출렁이는 파도가
내 마음의 눈에 펼쳐지니
그때의 생각에
친구가 더 그리워지기 시작합니다

북해도의 해맑은 공기와
신선한 바람이 이내 가슴에
불어오는 느낌입니다

내 오늘 뒷동산에 올라
간간이 울려 퍼지는
농번기 수렵기간 중의
멧돼지 사냥 포성소리를 들으며
새롭게 그리워지는
그대를 추억해 봅니다

알밤

밤 가시로 둘러싸인 밤송이 속에는
반짝반짝 윤이 나는 알밤이 꼭꼭 숨어있습니다
한 톨의 알밤이 되기 위해
수많은 날들을 가시에 둘러싸여
계속되어지는 주위의 어려움 속에서도
아름다운 결실의 아람이 벌어지기까지
수많은 날들을 어렵게 자기 몸을 지키어왔습니다

한 알의 알밤이 결실되기 위해
수많은 풍상을 겪듯이
우리의 삶도 자기의 수련을 위해
끝없이 노력해야 합니다

어느덧 황혼의 해님은
서산마루에 걸리어 있습니다

주위를 정리하고 욕심을
버릴 때입니다

어서 신세지고 가까운 이들에게
같이 나눌 수 있는 것 같이 나누고
오늘이 마지막이라는 각오로 최선을
다하는 아름다운 모습이
보고 싶습니다

허망(虛妄)

너, 왜 찾아 왔어
나를 넘어뜨리려고?

애써 지우려 해도
다시 나타나는 이유(理由)는
무얼까?

아직까지
내 가슴 한 편에
죽지 않고 살아
숨 쉬는 너

언덕배기길

틈새 내어
아침햇살 등에 지고
걷던 언덕배기길

아직 아침이슬
풀잎에 젖어드는
바짓가랑이…

하늘 한번 쳐다보고
힐끔거리며 걷던
언덕배기길

세상의 많은 길 중에
내가 택한 언덕배기 길을
사랑했네

오늘도 나는
이 언덕배기 길을 걷고 있네

장마의 시작

지루한 장마가 시작될 무렵이면

파아란 하늘이 그리워
잿빛처럼 뿌우연 하늘을 미워하고
삼복더위가 오면
한줄기 소낙비가 그리워지니
사람의 마음은
이리도 간사한가보다

하지만 시원한 소나기에
고마운 마음이 든다

땀 흘림의 보람

뒷동산의 야성이 하늘을 가른다
비온 뒤의 생의 풍성함이란
야생마처럼 힘이 넘쳐흐른다

엉키고 우거진 산책로 오솔길에
곁가지를 낫으로 쳐가며 올라간다

이마에 흐르는 땀을 훔쳐가며
한발 한발 나아가는 이 길이
나의 인생길과 닮아있는 듯

좀 힘든 감이 있지만
낫질하며 올라온 산책로가
뻥 뚫린 느낌으로 시원하다

산책로의 산 호흡이 훨씬 부드러워질 것 같다

이런 때 시원한 물 한 모금 권한다면
고마워하며 받아 마실 터인데…

아쉬움은 있지만 한걸음에 집으로 가
집사람의 물 한 모금 받아먹으리

오늘도 아름다운 주말되시길 바라며
새로운 한 주를 계획해 본다

우리를 슬프게 하는 것들

우리를 슬프게 하는 것들이
나의 마음을 아프게 한다
이건 아닌데 하면서도 자기도 모르게 거기에
발을 담구고 마는 안타까운 때가 있다
우리는 이 안타까운 현실의
늪에서 헤쳐 나와야 한다
우리 주위에는 가지 말아야 할
길을 마지못해 끌려가듯이
가는 바보 같은 경우가 있어
나를 슬프게 하고
우리를 슬프게 한다
모두가 고쳐보도록 하자

작은 등대 되어

그 한 몸 십자가 상에 온전히 태우시어
어두운 세상을 밝히신 주님처럼,
평택 항만 캄캄한 바다 위를 비추이는 등대처럼,
나도 서평택 항만지역 어두움의 세상에서
방황하는 수많은 영혼들을
내 작은 몸 불태우는 등대 되어
이 지역을 밝히는 작은 등대가 되고 싶습니다

주님가신 그 길을 따라가고 싶습니다
주님의 그 밝은 형상을
닮아가고 싶습니다

아름다운 사이

두 분 사이는 아름다운 사이입니다
얼굴이 마주치면
좋아라 어쩔 줄 몰라 하고
얼굴에 씌어있는 아름다운사이는
저절로 이루어진 것이 아닙니다

서로의 노력이며, 각고의 눈물이며, 사랑입니다
그동안의 겹겹이 쌓아온 신뢰이며
아름다운 눈물의 결정체입니다

수많은 세월동안 만들어진
아름다운 사랑의 결정체는
이순(耳順)의 나이에 이르러
더 원숙해지고 아름다운 사이로
바뀌어 나타나고 있습니다

두 분 사이는 얼굴에, 표정과 몸짓이
마음속에서 배어나옴이 더하여
고귀한 아름다움으로 승화되고 있습니다

가슴속에 숨겨진 님

가슴속에 숨겨진 님
남몰래 마음 한편에 숨겨 논 님

그님이 내게 속삭이며 전한 말
당신은 진정한 승리자이며

이 세상에서 가장 필요한
사람이라고 속삭인다

당신은 주위의 어려움이
전화위복이 되어 해결이 되는

아름다운 일들이 생겨
즐거움을 가져다 줄 거요

작은 미물인 직박구리도
더위에 목을 축이며

우리 인간에게 아름다운
노래를 선물로 주지요

계절(季節)의 변화(變化)

더위는 가지만
아직도 나의 마음은
동해(東海)의 고운 비취(翡翠) 색깔의
파도(波濤)의 환상(幻想)에 머물러

쏴 하고 가슴속으로
밀려들어오는
푸른 파도(波濤)를 받는다

쏴~ 철썩

조석(朝夕)으로 조금씩 내려가는
기온(氣溫)의 변화(變化)를 보며
계절(季節)의 변화(變化)에
순응(順應)할
마음의 준비(準備)를 한다

황금농부

가느다란 몸매에
대롱대롱 매어달린
황금 알곡들

누렇게 그을린
황금농부의 얼굴 좀 봐

황금빛 얼굴에
드러나는 하얀 입이

풍년을 노래하네요
풍년을 노래하네요

길섶에서

물안개 걷히는
출근길 길섶에서

나는 보았네
더위가 도망치는 모습을

나는 들었네
가을이 오는 풀벌레의 향연을

쿵캉콩캉 분주한 시간의
틈새에서 아름다움을 발견한다

잎새에 이는 바람

창밖의
잎새에 이는 바람은

봄부터
줄기를 타고 올라온

대지의 기운에 힘입음일까

슬픔도 가져다주고
즐거움도 가져다줍니다

나는 오늘
슬픈 사연을 간직한

잎새에 이는 바람 앞에 선
나를 바라봅니다

소회(所懷)

기다리는 이는 안 오고
보내고 싶은 더위는 왜 다시 오려는가

밖에는 방울새의 노래가 나를 부르니
어서 나가 맞이하고
가는 여름이나 보내볼까

휘영청 밝은 달이
바싹 다가와 속삭이네

땀 흘린 보람으로
오늘 하루도 저물어 간다

뻐꾸기는 왜 낮에 우는가

뻐꾹 뻐꾹 뻐뻐 뻐꾹
자주 찾는 그 길에 오르면
여지없이 뻐꾸기는 여기서 저기로 장소를 바꾸어가며 운다
나도 모르게 뻐꾸기의 친구가 되어
뻐꾸기 휘파람으로 주고받는다

뻐꾹 뻐꾹 뻐뻐 뻐꾹
뻐꾸기는 왜 낮에 우는가
밤에 우는 뻐꾸기도 있다지만
낮에 우는 뻐꾸기가 더 애타게 우는 이유는
남이 둥지에 키우는 어미의 자기새끼 보호본능 아닐까
오늘은 유난이도 뻐꾸기는 애타게 울음 운다

뻐꾹 뻐꾹 뻐뻐 뻐꾹 뻐꾹
뻐꾸기를 벗 삼아 아픈 사연 같이 나누고 싶으나
이를 뒤로하고 오르는 산행길이 많은 상념들을 가져다준다
사람세상을 닮은 뻐꾸기와 벗하며 걸은 그 길은
벌써 발걸음이 반환점을 돌아 내려오고 있다

뻐꾹 뻐꾹 뻐뻐 뻐꾹
뻐꾸기는 숨 가쁘게 울며 내 새끼 건들이지 마라
내 새끼야 잘 견디어야 한다
낮에 우는 뻐꾸기 울음소리가 나의 귓전을 울린다

뻐꾹 뻐꾹 뻐뻐 뻐꾹 뻐꾹

- 주(註) : 그길은 무성산 둘레길을 표현한 것임

겸손

겸손이 고개 숙이는
황금이삭은 아름답다

사람들의 마음도 저들을
조금만치라도 닮았으면…

나이 들어 고개 숙일 줄 아는
겸손의 마음이 필요하다

더 많이 아는 사람은
덜 아는 사람 앞에 겸손하고

더 가진 자는 덜 가진 자 앞에
갑질하지 말고 가진 자답게

고개 숙일 줄 아는
아름다운 사람이었으면 좋겠다

인향문단 시선

2부
시가 내게로 왔다

시가 내게로 왔다

너무 어렵고 힘든 시절, 고통이 연속되던 시절부터
하루하루가 견딜 수 없는 몸부림 속에서 헤매일 때
"시가 내게로 왔다"
그때마다 나는 미친 듯이 절규로 이어진 시의 세계로
점점 빠져 들기 시작했다

이렇게 내게로 온 시는
나의 삶을 지배하기에 이르러
순간순간 표출해내는 시구가
나의 노래가 되었고
내 삶의 모든 것이 되었다

시는 내게로 다가와
어려운 궁지에서 일으켜 세워
용기를 주는 스승이 되었다

새로운 반환점

허접한 마음 달래려고
일찍이 뜰 앞 실개천을 걷는다

저녁에 내린 비로
흐르는 개울물의 재잘거림이

내 맘을 위로하듯이
옥구슬 구르는 소리를 낸다

하늘이 높고 푸르니
개울의 맑은 물이 친구 되어

걱정일랑 저 높은 곳으로
올려 보내라고 힐난하는구나

지금 여기가 반환점의 시작이다

기다림의 미학

간사한 것이 사람의 마음이라
엊그제까지 그리 덥다고 안달하더니
그새 저녁과 새벽녘에는
싸늘하다고 수다로구나
그러면서도 마음 한편에서는
벌써 오색단풍을 기다린다

얄궂은 사람의 마음이…
내 맘인 것 같아 안쓰럽다
저 대우주의 팔 벌림에 안기듯이
자연의 법칙에 순응하여
불어오는 산들바람을 맞이하자

지난 여름

연기처럼 피어나는
은하수 아래에서

한밤중까지도 삶아내는 듯한
삼복더위 속에서도

은하수 별빛이 흐르는
여름밤의 아름다운
추억을 만들어가며

이 무더위를 이기신
그대의 모습이 아름답습니다

아름다운 이별

모두가 꺼리는 이별을 해야 한다

저 편에서 손짓하는
모습이 애처로워 보이만
그와의 이별은
필연적인 이별이며
이는 내년에 다시
만날 아름다운 이별이다

곧 지펴 일어나 스러질
채색옷의 화신들이여

풍요로움

파아란 하늘에
흰점 점점이 찍히어

가을을 노래한다
너른 들판에 펼쳐진

알알이 황금 알곡들이
풍요로움을 노래한다

길섶의 코스모스도
한들한들 가을 풍경에 취해

흔들리는 한가위
누가 뭐라도 이 풍성한

한가위만 같아라

고구마

길쭉하게 생긴 놈이 맛나게도 생겼다
그리 끈질긴 가뭄을 딛고
용케도 살았구나

어려서 못 먹고 못 입던 시절
얼굴만 길어 그 모양이
고구마 같았던 어린 시절
으래 점심은 찐 고구마로
끼니를 때우곤 했었지

그 고구마를 오늘 수확하니
배가 저절로 불러 온다

불타는 눈동자

불타는 눈동자에
힘이 들어가 있다

황홀한 가을이 가기 전에
하나라도 불도장 찍어 놓으려고

눈에서 불을 뿜어낸다
어서어서 재촉하며 놓쳐버릴라

속속 촬영하여 영상기억 장치 속에
차곡차곡 재어놓고 틈나는 대로

야금야금 꺼내보리라
빨갛게 불타는 황홀한 채색화의

여인네의 치마화폭이여
다가올 아듀가 아쉽기만 하구나

가을을 타는 남자

가을을 타는 남자는 외롭다
왠지 젖어드는 외로움에
가슴 한구석의 빈공간이
휑하니 썰렁하고 빈 들판이다

빈 가슴에는 단풍낙엽이 쌓이듯
외로움이 한 움큼씩 쌓여간다

이 가을에 누군가를 만나고 싶다
콤바인으로 다 추수하고 난
황량한 들판에 홀로 서있는 나

그대는 지금 어떻게
외로운 가을을 보내고 있는 가
가을 남자들이여…

어머니

어린 마음에 가슴 아파 죄 없으신 어머니를 원망하던 어린 시절
날마다 자그마한 키에 지게가 잘잘 끌리도록
아버지 대신 농사일을 하시던 나의 어머니
매년 봄이 오면 초등학교 춘계소풍 가던 날
용돈 못주시어 눈물 흘리시며 마음 아파하시던 나의 어머니
이제 불혹의 나이를 훨씬 넘긴 이즈음에서야
어머니의 가슴 아픈 마음을 헤아려 본다

많은 자식들 중에 누가 더 마음 안 아픈 자식 없건만
올해도 뒷동산에 진달래는 온통 연분홍빛으로 색칠을 하였는데
나의 어머니는 세월의 감각을 잊으신 듯하다

가는 세월을 막을 수야 없지마는
잠시라도 어머니의 마음을 되돌려
나의 어린 시절로 되돌아가고 싶은 것이
분홍빛 여린 나의 마음일까

팔순을 삼 년 전에 넘기신 나의 어머니는
이제 남은 것이라고는 자기 곁에 작은 소지품과 옷 보퉁이 하나
그리고 가슴속에 맺힌 한 많은 응어리 하나
또 하나 더 있다면 아버지를 그리워하는 연민
이런 것들이 나의 가슴을 뭉클하게 한다

하지만 어머니는 걱정 마시지요
어머님이 제일 존경하고 받드시는
지존하신 그분이 늘 곁에서 보호하여 주시니까요
나의 어머님! 이 아침에도 기운을 내세요

헤어짐

같이했던 짧은 시간들의
아쉬움을 남김 채
떠나가려하는 자태를 보니
섭섭한 마음이 가슴에 차오르네요

좀 참기 어려웠던
지난 여름을 떠올리기 싫었는데
벌써 가을, 그대와도 헤어져야하는
짧은 시간들이 가슴 한편에서
빠져나가는 듯

서운함을 뒤로한 채
자꾸만 자꾸만 달아나는 느낌이네요
짧은 계절의 미련을 남겨두고
가까이 다가오는 새로운 그를 기다립니다

텃밭에는 누런 배추가
김장을 기다리고 있군요
어서 어서 그를 맞을 준비를
해야겠네요

이 아름다운 계절에

알록달록 채색 옷을 입은
가을 다가오니
친구가 그리워지네요
같이 지난날들이
새록새록 아름다운
추억으로 다가오네요

그대도 이 아까운 계절
놓치지 말고 즐거운 시간
만드는 하루되길
간절히 소망합니다

여행(旅行)

산다는 것은
행복일수도 고난일수도 있지만
잠시 여행길에 들어선 삶이
고달프더라도 포기하면 안 된다

때로는 고달파서 쓰러질 것 같지만
곧 쓰러지지 않고 오뚝이처럼
일어서는 것이 우리의 삶이다
좀 힘들다고 김 빼고 포기하지말자

저 산 너머에 나를 기다리는 파라다이스도 있고
나를 좋아하고 사랑하는 수많은 이들이
오늘도 수고하고 당신이 잘되기를
간절히 고대하고 있다

세상에는 나에게 피해를 주고
괴로움을 끼치는 이도 많지만
내가 잘되기 위해 도움의 손길을 펼치는 이들도 있다

매 순간순간마다 최선을 다하는 삶이 아름답다
오늘도 최선의 삶을 위하여 오른손 엄지를
높이 들어 올리자

공룡알

너른 들판에 알알이 공룡알들의
풍성함이 풍년을 노래하네요

평택평야의 드넓은 들판이
온통 공룡알들로 뒤덮일 즈음이면

가을걷이는 시나브로 끝이 난다
덩치 큰 공룡알들이 들판에서 하나, 둘

사라지면 수많은 철새들이 떨어진 나락의
이삭줍기를 위해 황량한 들판을 메우곤 한다

이 공룡알들의 사용처는 전국에 있는
소사육 목장으로 배달되는 것들일 것이다

공룡알들의 장관을 바라보며
지는 늦가을의 정취를 마음껏 느껴본다

*공룡알 : 큰 덩치의 둥근 모양 흰색의 벼 타작 후 볏짚 뭉치로 200~500kg정도의 소목장용
사료로 사용되는 물건을 이르는 운송계통의 은어

소회(所懷)

나- 바람처럼
지나가는 구름처럼
흘러가는 물길처럼
나- 발길 닿는 대로
나- 마음 가는대로
그냥 스쳐지나가는 나그네처럼 살아가리
누가 뭐라 해도 나의 갈 길을 가련다
창밖에 내리는 진눈깨비는
초겨울 신호탄을 올리고
거리의 사람들은 갈 길을 재촉하는데
나도 한주일 마무리하며 밴드에
주말의 편지를 띄워 보낸다

감미로운 선율

오선지위에 그려지는
점점이 까아만 점에 날개꼬리를
달아 세우니 아름다운 소리를
만들어내는 악보가 된다

여기에 내가 그리도 좋아하는
그녀의 마음도 담고
존경해오던 이들의 숨결도 담아
한번 감미로운 선율을 만들어서
내가 사랑하는 이들에게 드리고 싶어

밤늦도록 오선지위에 그려내는
이 악보를 이제 색소폰의
고운소리로 변화시켜 봐야지

곱디고운 소리로 탄생시켜서
사랑하는 이들에게 선물해야지

쓸쓸한 날에는

친구가 기다려지는 날이다
누군가가 찾아와 주었으면 바라는
허접하고 쓸쓸한 날이다

오늘 같은 날에는
반가운 누군가가 기다려진다

뒷동산에서 불어오는 시린 바람이
겨울진입신호를 알린다

비록 차가워진 날씨지만
두툼한 외투라도 걸쳐 입고
친구마중을 가고 싶다

오지 않는 이 기다리고만 있을 수 없어
나라도 먼저 찾아보아야 할까보다

이 저녁이 다 가기 전에…

외로움

나 외로움에 갇혀있다
망망대해에 떠있는 조그만 섬

그 외딴섬에 갇혀있다

쌀쌀한 동지섣달의 날씨가
나를 이 섬에 가두고 있다

누군가가 근처를 지나는 배라도
들려주길 간절히 고대하지만

지나는 배는 나타나지 않는다
누가 이 섬에서 나를 구해줄꼬

찌르는 듯 통증과 맞물려
겹겹이 둘려 쌓인 외로움이
점점 더해가는구나…

가까워지고 있는
그 사람을 기다리며
잠시 시의 세계 속에 빠져본다

기다림

아무도 없는 뒷동산 정상에서
누구를 기다린다
아무 그림자도 없지만
포기하지 않고 기다린다

오롯이 하늘에 떠있는
따사로운 태양과 귀를 스치고
지나는 바람만이 친구가 되어
나의 포켓 속을 드나든다

이 기다림의 마음은 언제까지일까
지금 이 시각에도 기다리고
어제도 기다리고 수없이 기다려온
나날이건만 아직까지도
이렇게 누군가를 기다리고 있다

얼마가 더 걸릴지 모르는
만남을 위하여…

모닥불

모닥불이 피어오른다
소리 내며 타오르는
모닥불은 정겨움이 담겨있다

하루 일을 마치고 돌아와
모닥불 앞에서 피로를 풀어본다
여기에는 빠질 수 없는 것이
군고구마가 아닌가

타오르는 불길 속에서
은박지에 싼 군고구마가
익을 때까지 불쏘시개로
장작불을 지핀다

고구마가 구워지면서
구수한 냄새가 진동을 한다
어릴 적 바지 태워가며

구워먹던 군고구마가
재현되는 현장이다

아름다운 만남

친구와 함께한 몇 시간의 짧은 순간들이
머릿속에 기억되기 시작하네

비록 짧은 시간이지만
정겨움이 오가고
옛 추억을 더듬게 되네

오늘 친구의 마음이
진실이듯이

나의 머리에 각인된
사연들이 잊혀지지 않으리

친구여 건강하거래이
기회 되면 또 보자이

또 보자는 말이 자꾸자꾸
환청으로 들리는 듯하다

새벽에 지는 달

새벽달을 보며 출근을 서둘러
신발에 때 빼고 대문 밖을 나서니

새벽의 대지를 향해
교교히 흐르는 달빛은
영하의 날씨에도
냉철하리만치
차갑게만 느껴지는 날

그 달을 등에 업고
냇가를 10시 방향으로 돌아
한참을 내달은 출근길

어서가자 나를 기다리는
그들을 향해 달려가자
종종걸음으로…

외로움의 바다

멀고 먼 외로움의 바다에서
아직 헤어 나오지 못하고
갈길 몰라 방황하는
이 생활이 끝나는 종점은 어디일까

여기일까 저기일까
끝이 보이지 않는 외로움의 바다에서
외로운 섬 하나 발견하여
정착해보려 몸부림을 쳐 본다

외로움의 바다 방황이 끝이 나려나

저 달이 지면

저 달이 지면 풋내음 풍기는
새봄이 성큼 다가올 터인데
이 내몸 그대 맞을 준비가 덜 되어
마음 깊은 속 뒤집어 청소도 하고
정리 좀 한번 해겠어요

깊은 곳에 쌓인 먼지가 많아
가슴과 마음이 답답함을 하소연하네요
설날 초하루 전에는 묵은 때
깨끗이 청소하여 심장과 폐 속에
새로운 청정공기로 교환해야겠어요
신선한 것으로…

봄이 오는 소리

겨울은 얼음이 얼고 눈보라가 쳐야
겨울다운데 눈구경 어려우니
겨울이 봄을 피해 도망갔나 보다

이때쯤이면 얼음장 밑으로
봄이 오는 소리가 들린다고
옛 어른들이 하시던 말씀이 생각난다

우리도 한번 귀기우려
얼음장 밑으로 봄이 오는 소리가 들리나
가만히 귀를 쫑긋 세워보자
졸졸졸졸 봄이 오는 소리를…

그리움이 메아리 되어

그리움이 안개처럼 왔다가
부르면 메아리 되어 돌아오나요

목 메이게 기다려온 그리움이
애절함의 절절한 목소리로

메아리 되어 돌아오기만을
기다리는 시간들이 점철되어

영롱한 아침햇살에 부서지는 안개처럼
또 스러지고 마는 것일까요

친구가 오는 소리

친구가 오는 소리가 들린다
그 소리는 나를 향한 소리이기에
나는 작은 소리도 감지할 수 있다
오늘 내 귀에 들려오는
친구가 내게 다가오는 소리…
마음을 울리는 반가운 소리이며
가슴에 하트를 그리는 아름다운 소리이다

친구여, 어서 오시게
봄비 타고 오는 친구의 발자국소리가
나의 귀전을 울린다

도시의 아침

거리에 활력이 넘친다
어제저녁의 아픈 기억은 잊어버리자
새아침의 출근길에서 나도 새 힘을 얻어보자

누가 뭐래도 새롭게 시작하는 아침출근길
많은 사람들의 눈초리에서
생명의 빛이 풍겨 나온다

질긴 삶의 인연이 배어나오는
이 모습은 우리들의 자화상이다

당신의 아침은

물안개 자욱이 피어오르는 새벽의 농촌 들녘을 향해
부지런히 발걸음을 옮기는 이
물먹은 나무줄기들이 기지개를 켜는 아침
그대는 이 싱그런 새봄의
아침 맞을 준비가 되었나요

멀리 바라보이는 분주한 자동차들의 출근대열 속에
우리들의 삶이 보이지 않나요

지금 당신의 아침은
자욱한 물안개가 걷히었는지요

봄바람

곱게 빗은 우리 누나 긴 머리 날리는
시샘 많은 봄바람이 하얀 속살 숨겨진
분홍치마도 날리려나

봄바람치고는 짓궂기만 하다
어제부터 매몰차게 부는 봄바람은
누구의 말도 듣지 않는 심술쟁이다

장독대 위에 올려놓은 함지박도 날리고
밤새 뒤척이며 걱정하는 그 사람의 고민거리도
마당 모퉁이에 마련해 놓은 파라솔도 날리네

이내마음 들뜨게 하는 얄궂은 봄바람이
가슴 한 켠에 남아있는 어릴 적 동심의 세계에
모닥불을 피운다

잠시 타오르는 불길 속으로 들어가 볼까요?

사랑은 봄바람을 타고

사랑은 봄바람을 타고 옵니다
그리운 이 만나려고 봄바람을 타고 옵니다
봄바람은 사랑의 전령이며, 꽃의 화신이며
아름다운 시작의 알림이입니다
이 좋은 계절이 가기 전에
우리는 사랑의 봄바람 맞을 준비는 되었나요
신변의 잡다한 문제는 잊어버리고
남쪽에서 올라오는 사랑의 전령 맞을 준비를 해 보시지요

대문만 열면 꽃의 화신이 손짓하지 않나요
그대의 가슴속에 남아있는 묵은 찌꺼기는
사랑의 봄바람에 실려 보내심이 어떨까요

어느 찬란한 봄날

어느 찬란한 봄날
어느 황홀한 봄날
내게 다가와 코끝을 간질이며
귀여운 소리로 속삭이는
진달래, 산수유, 개나리꽃들이
나를 황홀하게 만든다

주위를 돌아보면 꽃천지 세상이다
겨울동안 삭히어왔던 막힌 감정도
풀어 버리고 자연에 감사하고
새봄에 일어나는 주위 조건에 만족해하자

나와 가족들을 위해 움직이는 손길들과
이 나라를 위해 열심히 수고하시는
여러분들이 계서서 이봄이 아름다운 봄입니다

이 찬란한 봄을 고마워하며
즐겁고 아름답게 보내는 모든 분들이 되신다면
내 주위와 이 나라가 좀 더 아름다워지지 않을까요

우리들 마음

우리들 마음에 용서가 있다면
우리들 마음에 양보가 있다면
우리들 마음에 사랑이 있다면

우리들 마음의 색깔은
파아란 색깔로 변하지 않을까

우리 모두가 파아란 마음을
마음주머니에 가득 담아 보아요

그때 그 시절

매일 일정 속에 이어지는
소박한 밥상이다
그래도 반찬이 일곱 가지이다
콩나물국에 고춧가루까지 푸니
색깔의 구색이 맞는다

어릴 적 초등학교시절
이맘때쯤이면
보릿고개가 시작이 되는 때이다
한참을 먹을 나이라서
늘 배가 고프던 시절이 생각난다

등에 걸린 책보 속에서는
빈 도시락에 젓가락소리가 요란하다
달그락 달그닥
반세기를 훌쩍 넘긴 아직까지도

등에 걸린 책보의
빈 도시락 속에서 젓가락소리가
들려오는 듯…

봄비

봄비가 메마른 대지를 적시네
소리 없이 내리는 봄비가
그리운 이 보고파 숨비소리 되어 내리네

봄비야 내려라
우리 어머니 계신 산소위에도
임 그리워 우는 뒷동산 멧새 있는
언덕배기 길에도

봄비야 내려라
소리 없이 내리는 봄비의 빗방울 속에
그리운 이의 얼굴이 보인다

비야 비야 봄비야
기다리는 이 마음 아프게 말고
꽃비 되어 내리려무나
숨비소리 되어 내리려무나

내님 실은 봄비야
사랑의 봄비 되어 내려라
벚꽃길 따라 내려라
꼬불꼬불 논길 따라 내려라

주(註):'숨비소리'란 표현은 작자(作者)의 주관적(主觀的)인 표현(表現)으로 그리운 이
를 그리워하는 마음의 극치(極致)를 나타내는 뜻으로 원래는 제주도해녀의 물질 후
올라와 내쉬는 숨소리를 뜻하는 말임

버들피리

버들가지에 물오르면
아이들은 동네개울가로 모여
버들가지 꺾어 버들피리를 만들어 불지요
봄의 노래를 삘리리 삘리리
신나게 불어요
봄의 노래를

아직은 조석으로 쌀쌀한 기온탓인가
물이 덜 올라와 비틀리지 않으니
버들피리는 좀 이른 느낌이지요

아침안개만 자욱한 개울길을
빠른걸음으로 타박타박 걸어가면서도
바쁜 출근길을 재촉하며
개울가의 버들가지 한 가지 꺾어
밑에서 올라오는 봄의 향취에 빠져본다

우리 모두 겨우내 닫힌 문을 열어
봄의 노래를 맞이해 보자
삘리리 삘리리
새봄의 노래를…

작은 공간

나에게는 작은 공간이 하나 있다
1평정도의 작은 공간이지만
그곳에 있으면 마음이 편해진다
거기는 방해자도 없는 조용한 곳이다

이곳에 들어가면 시간의 개념도
구해받지 않고 나만의 시간을 가질 수 있기에
나는 이곳 작은 공간인 골방을 좋아한다

누가 뭐라하지 않고 거슬리는 사람 없어 좋다
시간과 공간의 흐름속에서
새로운 나를 발견하는 묘미도 있다

지금도 아까운 시간들이 가고 있다
1평의 작은 공간속에서…

봄맞이

이렇게 좋은걸
답답하게 집에만 있었구나

어서 닫힌 창문 활짝 열고
밖으로 나오세요

새봄의 노래가
들려오지 않나요
가만히 귀를 기울여봐요

그대를 부르는
새들의 노래가 들려오지요

어서 창문을 열고
새봄을 노래해 봐요
아름다운 봄날이 다 가기 전에…

그대는 아나요

그대는 아나요
지금 이 시각(時刻)이 다시 오지 않는 시간(時間)인 것을
흘러가는 흐름의 물결속에서
그대는 어느곳에 서있는지
이 귀한 시간(時間)들이 지나가는 이 시점(時点)도

그대의 인생여정(人生旅程)의
일부분(一部分)으로 점철(點綴)되는데
기왕(旣往)이면 아름다운 발자취로
남기를 바라는 마음은 그대도 아시지요

지금 이 시각(時刻) 혼신(渾身)의
힘을 다하여 상큼한 아름다움을 만드는
그대가 될 수 있기를 고대(苦待)하면서 바라봅니다

친구가 그리울 때는

친구가 그리울 때는
하늘을 향해 친구의 이름을 불러봅니다

오늘같이 바람 불고 쓸쓸한 날은
멀리 있는 친구가 그리워집니다

내가 그리워하는 친구는
무엇하고 있나요

봄바람에 이내마음 실어 보내니
따듯한 남풍의 봄바람에 편지 한 장 보내려무나
그리운 친구여

남쪽을 향한 나의 안테나는
오늘도 그대 향해 주파수를 맞추어

귀를 쫑긋히 세우고
친구의 소식을 기다린다오

그대 마음 한 켠에

그대 마음 한 켠에 올려진 마음 아픈 상처의 하나는
아무리 지우려고 애를 써도 지워지지 않는 것은
그 마음 아픈 상처 하나가
마음과 가슴속에 각인되어 있기 때문이리라
평생을 지우려고 애를 써도
좀처럼 지워지지 않는 것이
잊어버릴만 하면 다시 살아나
마음 아프게 하니 이를 잊게하는
좋은 방법이 없을까 생각해본다
내가 먼저 다른 상처 입은 이들을 위해
치유의 손길을 내미는 방법이
그 대안이라 생각되어 평상시의 말이라도
상대가 상처 입지 않도록 조심하여 해야겠다고
마음속으로 다짐해 본다

나의 길

나의 가는 길이
아득히 멀다 하여도
이 길은 꼭 가야할 나의 길
지금 그길을 향해 묵묵히 발걸음을 옮긴다

뚜벅 뚜벅
한걸음 한걸음 걷는 이 길을
누가 가자고해서 가는 길이 아니니
아무 말 아무 소리 없이 그냥 걷는다

가끔 스치는 바람과 노래하는
새들을 만나면 눈인사도 하고
그냥 빙그레 웃기도 하면서
냇가에 한참 피어오르는 봄꽃들과
이야기 나누며 가야할 길을 간다

잠시(暫時)
모내기하는 농부들의 환희(歡喜)어린
표정(表情)속에서 지나가는 인생열차(人生列車)의
흐름을 곁눈질해 보면서
나는 내 가야할 길을 말없이 가고 있다

언제 끝날는지 모르는
이 길의 종착지(終着地)까지 그냥 걷고 있다
나의 길을…

단비는 내리는데

기다리던 단비는 내리는데
곧 돌아오마고 내 곁을 떠난

그 사람은 돌아오지 않고
온종일 질끔질끔
단비만 내리는가

기다리다 못해 낫 들고 나가
애꿎은 잡초만 베니
잡초가 눈흘기고 곁눈질하네

기다리는 그 사람은 오지 않아
다시금 잡은 낫질로

잘려나간 몸뚱이 살려 달라
애걸하는 모습이 안타까워

낫자루 내어던지고 들어와
밴드와 친구하니

님들이 좋아하는 시로 변하였구나
아름다운 사람들이여

나의 소꿉친구

그리움에 목이 말라
시작한 이 길이
나의 소꿉친구가 되었구나

그리움과 외로움에
힘들어하던 시절
어느날 문득 나에게 다가와
절친으로 정착한 그대여

이제는 이유를 묻지 말고
아무 때나 허물없이 찾아오거라
괴로워도 괜찮고
즐거울 때도 괜찮다

아무렴 줄 것이 없어도 괜찮지
그냥 옆에만 있어다오
곁에서 바라봐주기만 하면 된다
나의 소꿉친구여

말없이 써내려가는 이 시간이
나에게는 가장 편안하고
즐거운 시간이다

행복한 시간

장마

검은 하늘에 몰려드는
수 많은 얼룩말떼들이 험상궂은 얼굴로
달려드는 것 같다

우르릉 쾅 쾅
천둥소리 번개의 요란함은 늦은 밤까지
잠 못 드는 이내 마음을 아는지 모르는지

어릴 적 우리 아버지 장마 지면
텃밭에 심은 참외, 수박 망가질까
베잠방이에 망태기 걸치시고 급히 나가신다

이때나 되어야 참외수박을 맛보는
좋은 기회이니 어릴적 나에게는
밤하늘에 빛나는 영롱한 별빛처럼 아름다운 추억이다

하지만 이번 중부지방의 장마는
아쉬움의 장마가 될 것 같다
소리만 요란한 허풍쟁이 장마로 끝이 날 모양이다

우르릉 쾅 쾅

친구

무더위에 지친 나에게 다가와
시원한 한 잔의 냉수 같은
친구 하나 있었으면 좋겠네

열대야 생기는 이 저녁에 내게 다가와
시원한 부채 같은
친구 하나 있었으면 좋겠네

여름밤 하늘에 쏟아져 내리는 은하수처럼
나에게 다가와 시원한 말로 속삭여 주는
순진한 친구 하나 있으면 좋겠네

평택호의 밤하늘에 빛나는 야광분수처럼
시원한 친구 하나 있었으면 좋겠네

삼복더위에 지친 모든 분들의 가슴에
시원하게 뿌려주는 분수가 되어드렸으면 좋겠네
이 밤이 다 새도록

裸身(나신)

탐스런 둥근 열매가
내 눈의 시선을 잡아당긴다

아름다운 곡선으로 연결된
그 몸매는 이미 내 눈을 멀게 하였다

한낮의 뜨거운 태양 아래
한 올 걸친 것 없이 다 벗겨진
裸身(나신)의 윤기 나는 아름다움이여

동그란 그 모습이 너무 귀여워
멈춰선 발걸음이 지남철에 걸리었나보다

넋 놓고 바라보는 내 모습을
누가 훔쳐볼까봐 얼른 떨어지지 않는
발길을 돌린다

난 그저 둥근
네 모습이 좋아서

은비(銀雨) 쏟아져 내리는 밤에

개울 건너편 2층집 밝은 방
열린 창문 사이로 들려오는
먼 노랫소리

뜸북 뜸북
뜸북새 논에서 울고, 뻐꾹 뻐꾹
뻐꾹새 산에서 우네
우리 아빠 말 타고 장에 가실 때
비단구두 사 가지고…

늘 어려서 듣던 누나들이 즐겨 부르던
동요가 생각나는 저녁이다
어려서는 누나들의 이 노랫소리가 왜 그리도
애처롭게 들렸는지 모른다
지금도 이맘때쯤 되는 저녁시간이면 마당에
멍석 깔아 놓고 모깃불 피워놓고 누워
하모니카 불며 밤하늘에 은비(銀雨) 쏟아져 내리는
은하수 별빛 따라 나의 별, 엄마별, 아빠별을
찾기에 즐겨하던 어린 시절을 회상하며
이제 종반에 다다른 무더위와 씨름한다
우리 문우님들도 저와 같은 마음이겠지요
휴가들 잘 다녀오시고 다가오는 가을준비를
해보심이 어떨까요…

註 : 은우(銀雨)는 쏟아져 내리는 은하수를 작자의 주관에서 비유법(比喩法)으로 표현
한 말임

파도(波濤)

산산이 부서지는 포말속의
은빛 아름다움이 내 시선을 잡아놓으니
한번 준 눈길 떼지 못하게 하네
파도가 만드는 관조(觀照)의 극치를
잊지 못하는 이가 이 저녁에도
잠이들 수 있을는지…
열대야(熱帶夜)보다 어려운 존재가 되었구나
그대 파도여
불러도 대답 없는 은빛 향연(饗宴)이여
푸른 파도는 부서지는 아픔을 통해
보는 이에 아름다움을 선물하니
그 아픔으로 깨어지고 죽어가면서도
다시 태어나 그리움을 주고 간다네

강가에서

강가에 서면
비릿한 물비린내 풍기어 오니
여기가 자연의 현장으로
수 많은 사연속에 묻힌 아프고
아름다운 이야기들이 들려오는 듯하다

이곳에 오면
이별이 있고, 만남이 있고
갖은 희로애락이 존재하는 곳으로
어릴 적의 놀이터이며
아낙들의 빨래터이기도 하고
젊은 연인들의 만남의 장소이며
우리 사내들의 공동목욕 장소이기도 하다

특히 강가에 서면
떠오르는 시상을 어찌할 수 없어
메모지에 적던
어린시절의 추억의 장소이기도 하다

또한 사랑하는 임과의 영원한 이별의 장소이기도 하다
떠나보내는 이의 粉骨분골을 마지막으로 보내는 곳이기도 하다

당신은 오늘 강가에 서서
누구를 보내며 무엇을 발견했는가

*여기서 粉骨분골은 화장후의 백색가루를 의미하는 말을 작자주관으로 표현

그대 오는 소리

그대 오는 소리
그대가 오는 소리가 들린다

그리도 기다려 오던 그대 오는 소리
녹음이 우거진 나무가지 사이로
솔바람 타고 그대 오는 소리 들리니
내 가슴은 노오란 풍선 되어 하늘을 날으네

그대 오는 소리가 점점 가까이
점점 가까이 다가오네

집뜰앞 화단의 철쭉나무 전치기작업을 하였다 지난 여름이 너무 가물어서 다 죽었던 가지가
장마로 다시 살아나 정리를 하면서 찍은 사진

그대가 머무는 곳은

그대가 머무는 곳은 어디인가요
오늘의 해는 저물어 가는데

그대가 머무는 곳은 어디인가요
날마다 그대가 바라보는 그곳은
어디인가요

늘 다니시는 그곳은 어디인가요
그곳에는 어려움도 없는 곳인가요

고달픈 삶의 종착역인가요
그대가 머무는 그곳에 나도 머물고 싶네요

나와 같이 갈 수는 없나요
당신이 머무는 그곳에…

그곳에는 스트레스도 없고
삶의 쉼터가 있는 곳이 아닌지요

이제 내가 바라는 것은
그대가 머무는 그곳에
나도 그대와 같이
머물수 있게 되기를…

이 가을의 마지막 비행

청명한 가을하늘을 날아오르면
그 기분이 얼마나 좋을까

비온 뒤의 가을하늘은
청명하다 못해 쪽빛 바다에
점점이 흰구름이 알박기하고 있다

늘 보고파하던 그녀 집에도 들르고
뒷동산에서 날 기다리는 산새들과
아름다운 꽃들이 날 반기리
청솔모와 고라니도 날 반기리라

어서 가자
소리 없이 스쳐지나는 가을을
떼라도 써 붙잡아
마지막 비행이라도 하여보자

그대도 나와 보십시요
애들아 너희들도 나와 보거라

알록달록 채색옷 준비하는
나무들의 이쁜 자태를 사진기에
한 장, 두 장 박아 보고플 때 꺼내 보자꾸나

내 이제라도 이 가을의 마지막 비행을
그리운 이와 함께 떠나 보렵니다

우수憂愁

풀벌레 우는 가을밤에
내 곁에 님께서 아니 계시다면
어떻게 긴 밤을 보낼 수 있을까
한결 서늘해진 바깥기온이
피부 깊게 들어와 차츰 내려가는
그대 몸을 따듯한 온기로 녹여줄 이
오늘밤 곁에 함께하고 계신지요

차가와진 밤기온에 혹여
님의 온기가 내려갈까 더 가까이 다가갑니다

창밖에는 휘영청 밝은 달이
푸른빛을 내고 있네요

이 가을에는 그냥 묵묵히 걸으십시오

이 가을에는 그냥 묵묵히 걸으십시오
곁에서 나에게 좀 싫은 말을 하여도
누가 내게 좀 언짢아 보여도
이 가을에는 그냥 묵묵히 걸으십시오
세상사는 바람 불듯이 스쳐지나 가는 것
물결이 흐르듯이 너른 바다로 흘러 가는 것
스쳐 지나가면 지나 그냥 스쳐 지나가는 대로
흘러가면 흘러가는 대로
이 가을에는 그냥 묵묵히 걸으십시오
그러면 이 가을 단풍의 정취가
한층 더 아름답고 붉게 타오를 것입니다

당신 앞으로 더 가까이 다가올 것입니다

古木

자기 몸 아끼지 않고 내주어
도움 주더니 메마른 고목이 되어서도
더 주고파서 버섯에게 내주고
새들이 그 몸 후벼 파내어 안식처로 삼네
윤기 나는 그 모습은 어디가고
시들고 메말라 거친 모습이
내 모습 닮은 듯하여
아픈 마음으로 바라보네

그래도 마지막을 아름다움으로 그릴 수 있으니
그 모습, 내 마음속에 깊이 간직하여
매일 지켜보는 이에게 기쁨 주니
그 고마움을 무엇으로 전할까…

초승달

동네어귀에 돌아드니
서산마루 재 너머로
우리엄마 코 버선 같은
초승달이 걸리었네

초승달 굽은 선 따라
재촉하는 초가을 저녁의
어둠은 짙어만 가고
집나간 망아지는
아직도 돌아올 줄 모르네

어휘, 어휘
갑자기 내려간 기온 탓하며
저녁하늘 올려다보니
하늘만 더 맑아 보이네
아이들은 좋아라

하나, 둘, 셋, 넷, 별 헤는 소리…

매화꽃

매화꽃의 그 연한 알몸은
춥지도 않은 가봐

화사한 미소로 그 기품을
선사하니

꽃봉오리를 볼 때마다
그 아름다움을 지켜온
인내 뒤의 아픔은

연하디 연한 자태 뒤에
숨어서 보지 못하네

군자란

격정의 삶 연장선에서
신기루마냥 나타나는
그대는 누구십니까

마음이 황홀해 바싹 다가서서 보면
그대는 사막의 오아시스처럼 사라지는
당신은 배추밭의 딱정벌레인가요

얄미운 짓은 그만하고
갓 피어나는 거실의 든든한 군자란처럼
어려운 인생의 고달픈 삶속에서도
힘 있게 올라오는 군자란의 꽃봉오리마냥
그대의 힘 있는 오름을 보고 싶네요

당신의 움직임을 지켜보는 이들이
오늘도
그대를 응원하고 있음을 잊지 말아요

그대와 나의 삶이
다하는 그날까지…

진달래

날 보러 오라하네, 날 보러 오라하네
앞 산의 진달래, 뒷 산의 진달래
양지 진 그윽한 곳마다
진홍빛 진달래가 날 보러 오라하네

애타게 부르는
그 목소리 메아리되어
날 보러 오라하네
진한 그 빛 바래어진
연분홍 진달래가
날 보러 오라하네

그가 내게 말했다

그가 내게 말했다
너는 그들을 외면하면 안 된다고

네 지나간 삶을 한번 뒤돌아 봐라
그동안 수많은 사람들의 도움을 받고
살아오지 않았나!!

또 얼마나 많은 사람들에게 손해를 입히며
지내온 시간들이 얼마이런가!!

생각해보면 가슴이 꽉 막혀옴을 느낀다
그 짧지 않은 긴 시간들을 견디며
현재의 지금까지 살아올 수 있었던 것은
오롯이 그가 내 곁에 서서
한마디 한마디 콕콕 찍어주는
사랑의 가시바늘이 있었기에…

이제라도 가까운 곳에서부터
나보다도 어려운 곤경에 처해있는 이들과
마음을 같이하며 살아보자고 되뇌이는
이 마음이 변하지않기를 소원해 본다

소고(小考)

밤에 내리는 비는 말이 없다

어깨가 아프고 몸이 무거워온다

내리는 빗물은 풀잎에 맺혀
냇가의 여울로 모여
서해바다로 흘러가지만

밤비가 그치고 나면
무거운 몸과 마음은 갈 길 몰라
몸만 뒤척이는 이 마음은…

아침편지

마음이 아파 힘들다면
화나고 상처받고 얻어맞아
마음이 아파 힘들다면
밖으로 나와 혼자 걸으십시오

먼곳을 바라보고 걸으십시오

그리 걷다보면
힘들고 괴로운 상처는 도망가고
나도 모르게 부지런히
걷고 있는 나를 발견하게 됩니다

화나고 마음이 아플 때는
그 장소를 벗어나 묵묵히 걸으세요

오롯이 걷는 것이 해결의 방법이지요

진달래꽃

그 보드라운 촉촉한 촉감에 빠져
긴 밤 같이 지새우고 싶은
만지면 터질 듯한
연분홍 진달래꽃 봉오리 님

이 봄에도 다시 찾은 그대여
내 곁에 머물러주오

간다는 말은 하지를 마오
나의 사랑 진달래여

애타는 이 가슴을 어찌하라고…

나를 부르는 소리

나를 부르는 소리가 들린다
이 소리는 멀리서 오는 소리가 아니다

가까운데서 들려오는 소리요
나를 부르는 소리이다

조금만 귀기우리면
가까운 곳에서 혹은 멀리 있는 곳에서도
나를 부르는 소리가 귓전을 맴돈다

뒤곁에서 들리는 자연의 소리도 있지만
가까이서 힘들어하는 이들의 신음소리도 들린다

꽃소식과 함께 오는 봄의 소리와 같이
들려오는 고통의 소리에 잠시 귀를…

나를 부르는 소리에

3부
아름다운 사람

세상이 흔들려도

아무리 세상이 흔들려도
우리는 흔들리지 말아요

세찬바람이 지나가고 나면
잔잔함이 오는 것은 사실입니다

교교한 달빛은 뼈아픈 세상을 향해
푸른빛으로 바꾸어 내고 있습니다

우리 조그만 견디어 보아요
하늘 저쪽에 종점이 우리를 향해
손짓하고 있어요

신께서는 우리를 이대로
놓아두시지는 않을 거예요

우리 함께 손을 잡아요
여러 사람의 손과 마음은
큰 힘을 낼 수 있어요

그대 향한 마음

그대의 모습을 바라보면
갓 피어오르는 화려함이 배어나오네
밤새 우주의 기운을 머금은
매화의 수줍은 꽃봉오리마냥
피어나주길 바라는 이 마음…

캄캄한 밤의 어두움을 이기고 올라와
차오르는 아침 해의 붉은 기운으로 꼿꼿이 솟아오르는
아름다운 자태와 당당함을 그 누구와 비교할꼬?

그냥 넋 나간 이 마냥 바라만 보네

사랑의 그림자

가슴이 답답해 온다
쓰리고 아픈 가슴이 점점 조여 온다

발걸음 뒤에 바싹 붙어 쫓아오는
세상의 그림자 중에
고달픈 생활에 찌든 그림자와
주위에 비쳐지는 어둠의 그림자

약한 이들에게 들러붙어서 괴롭히는
사악한 병마의 그림자는
사람의 마음과 육체를 병들게 한다

하지만 진실하고, 어질고 순박한 이들과
함께하는 사랑의 그림자는
우리의 마음과 육체를 정화시켜
이 사회를 아름다운 사회로 만들어가는
잘 보이지 않는 곳에서
안내자의 역할을
뒤곁에서 착실히 해내고 있다

상흔傷痕

그녀가 누워 있다

창밖에 햇볕은 따듯한 햇살인데
그 따사로운 햇볕 한번 못 쏘이고
신음소리를 내며 꼼짝도 못하니
내 마음은 이미 캄캄한 스올(sheol)에
내려간 느낌이다

어서 일어나 그녀의 얼굴에
창백한 그림자가 지워지고
해밝은 꽃이 피기를 간절히 소원해본다

문만 열면 밖에는 봄기운이 완연한데
침침한 음지에서 괴로워하는
그녀를 대신해주고 싶다

오늘따라 한없이
파아란 하늘

한번 올려다보고
기운을 차려 주기를…

그녀의 심장을 향해
하트를 그려본다

그 사람의 눈길은

그 사람의 눈길은
오롯이 한곳을 향하고 있다

걸음을 걷고 있으면서도
일을 하면서도 그곳을 향하고 있다

왜 그럴까
아마도 그의 마음의 눈에는
한가지 밖에 보이지 않으니까

그리고 그것이
그의 전부이기 때문이리라

그의 눈길은 한곳만 바라보고 있다
좀 다른 곳도 봐요

사팔이 되겠어요
두루 살펴보아요

바라보는 눈에 핏발이 선다
벌겋게…
벌겋게…

그대 오는 소리

메마른 가지에도 물오르는 소리
그 소리는 남쪽에서 올라와 연분홍빛 내님의 얼굴에도
촉촉이 뿌얀 자죽이 되어 환한 미소로 새봄을 반기네

냇가의 나무 겨울눈은 긴 겨울잠에서
빠끔히 고개 들어 내다보고
화들짝 놀라 움츠리는 모습이
순진한 봄처녀의 수줍음…

수줍은 사랑미소가 숨바꼭질하는
오후의 시냇가길섶에서
그대 오는 소리에
내님의 사랑노래 부르며 새봄을 맞이하리

당신의 마음속에 깃든

당신의 마음속에 깃든
이녁을 향한 마음은

아직도 타오르는 불길마냥
끓어오르는 열기를 식히지 못해

온몸을 뒤척이며
열기와 싸우고 있지요

밖에는 신종코로나 바이러스의 열기가…

당신의 마음속에는
이녁을 향한 따스한 열기가
가슴 깊은 곳에서 솟아나고 있지요

나 당신 곁을 떠나있어도
당신의 가슴에 연결된 실타래의 연줄은

좀처럼 늘어지지 않고
바싹 당겨져 다가오고 있지요

당신이 계신 그길은

당신이 계신 그길은 따듯하고 포근한 길이며
캄캄한 한밤중에도 갈수 있는 길입니다

당신께서 그길에 계시기에
이 사람이 존재하고 오늘도 평안히 그길을 가고 있습니다

당신이 계시지 않은 그길은
황량한 사막과 같은 길이며
가시덤불 우거진 안개속의 길입니다

당신께서 계시지 않은 그길은
생각할 수 없는 길입니다

당신은 그길에서
나를 지키시는 지킴이이십니다
오늘도

나의 친구가 된 당신

내가 좋아하는 사람은
찬서리 내린 아침의 개천 갓길을 걸으며
현재 시간에 자족하는 마음을 간직한 당신을 좋아합니다

당신은 점점 짧아져가는 낮의 길이를 아쉬워하며
까맣게 어두워오는 저녁을 반가이 기다리는
그런 분이시지요

그 저녁은 내 삶의 지친 피곤의 쉼터를 제공해주며
나와의 시간과 공감을 같이할 수 있는 당신을 좋아합니다

비록 주머니 속에 느껴지는 얇은 지갑 속의
따뜻한 온기처럼 나를 녹이는 당신과 아주 절친한
친구로 만나고 있습니다

당신은 오늘도 내 곁에서 나를 돕는 도우미
바로 그 참좋은 친구가 되었네요

당신을 바라보는 나의 눈초리는
그 고마움에 촉촉이 젖어 가고 있습니다

산수유

노오란 꽃망울을 터뜨릴 때면
고운 님 만나는 듯
방긋이 미소 짓고
얼굴에는 하나 가득
사랑의 꽃을 피웁니다

동그란 꽃망울들이
방울방울 봄을 노래하며
오는 이 가는 이
즐거움을 나누어
새봄의 향기를
고이고이 간직하라고
즐거움의 꽃을 피웁니다

파아란 하늘에는
새봄을 찬미하는
산새들의 노랫소리가
봄바람을 타고
들리어 오면
산에는 산수유

우리들 마음에는
아름다운
사랑의 마음들이
방울방울 피어납니다

- 1999. 3. 28. 성산 메가네

당신은 하늘나리꽃

당신은 하늘나리꽃
언제나 내 곁에서 하늘처럼
나를 지켜주는 지킴이입니다

내가 어려움에 처했을 때
하늘나리꽃처럼 신선하고
순수하고 따듯한 마음으로 찾아와
나를 감싸 안아준 당신입니다

자금 이 순간에도 당신은 어려움의
그늘 가까이 있지만
곁에는 당신이 그리도 좋아하는
이 사람이 있습니다

어떤 어려움의 순간에서도
그분께서 주신 고귀한 선물은
포기하시면 안 됩니다

이 사람도 당신의 고통에 함께하고 싶습니다
조금만 참고 기다려 봅시다
위에 계신 그분께서 지켜보시고 계십니다

부디 비온 뒤의 순수하고
청초한 모습의 하늘나리꽃처럼
오뚝이 일어서시기 바랍니다

－201×. ×. ×. 다시 일어서시길 바라는 당신의 최인호가

이른 아침에 계란찜 해놓고 출근하는 남자

이른 아침에 계란찜 해놓고 출근하는 남자는
오늘도 옆에서 답답해하는 그 사람의 숨소리를 들으며
살며시 주방으로 나와 아침밥 지으며
그 사람이 좋아하는 계란찜을 만든다

이일도 그 사람이 내 곁에 있을 때
할 수 있는 일이라고 생각하니 푸념보다는 고마움이 앞선다

그냥 이대로라도
오래오래 내 곁에 있어주길 바라는 마음에
아침밥을 준비하다보면 어느새 압력솥의 밥도
다 조리되어간다

얼른 가스불 조절하고 나니
계란찜도 보글보글 조리되어
아침밥준비는 마무리되어진다

어서 그 사람이 건강한 몸으로
회복되기를 간절히 바래보며
바쁜 월요일 출근준비를 서두른다

- 2018. 1. 15. 아침 최인호

그대 생각

늘 보이시던 님께서
요즈음은 보이지 않는구려

가까이 있을 때는 몰랐지만
떨어져 있으니 새록새록 생각이 납니다

아마도 님 사랑에 중독이라도 된 모양

문득 이슬비가 부슬부슬 내리는 날이면
더욱더 생각나는 님
그대는 과연 나의 사모하는
님이었나요

오늘 이 시간이 다하고 나면
잊혀지려나

이 마음은 오직 그대향한
내 마음의 표현입니다

벌써 나의 마음은
지나가는 봄을 아쉬워하며

바싹 다가온 신록의 계절의
향기로운 내음을 기다립니다

님이 오시기를 기다리듯이…

아름다운 사람

아름답게 정성을 담아
맛깔스럽게 담은 음식이
맛있고 훌륭한 것처럼

아름다운 마음을 담은 이들은
정결하고 고귀한 맛과 멋이
아름답게 풍겨 나온다

오늘을 사는 모든 이들이
중후한 멋과 정결함이 깃든
아름다운 모습이었으면 좋겠다

나 오늘 앞에 드리워진
장막이 나를 가로 막아도
잠시 돌아서 나갈 수 있는
여유를 소유하였으면 좋겠다

창밖에는 초여름을 재촉하는
더위가 성큼 다가와 있지만
나 싱그러운 푸른 6월을 맞이하리

아름다운 사람아
솔바람 부는 푸른 6월을 맞이하자
아름다운 나의 사람아

빈 공간

비온 뒤의 아침안개처럼
그대는 잠시 곁에 머물다
사라지고 마는 그런 관계는
아니잖아요

그대가 비어있는
잠시 동안 늘 입고 있던
저고리를 벗어놓은 것처럼
내게는 길게 느껴지는
이유는 무얼까요

그대가 천리를 떨어진들
내 영혼의 호흡은 계속해서

그대를 향해 방아질하고 있는데
당신의 더듬이는 어디를
향하고 있나요

아침안개 걷히고 나면
어서 나에게로 돌아 오십시오

어서

사랑의 마음

못 견디게 그 사람이 그리운 날
가슴이 막히어 오는 듯 못 견디게 그 사람이
그리울 때가 있습니다
당신은 그런 때가 없는지요

이 마음은 그 사람을 향한 나의 마음입니다
잠시 떨어져있기 힘든 그 마음은 그 무엇과도
바꾸지 못하는 귀중한 사랑의 마음입니다

돌아오실 내님

내 곁을 떠나신 내님
님께서 계실 때는
이리도 허전하지 않았는데
님께서 계실 때는
외로운 지도 몰랐는데
내님이 아니 계시니
이리도 마음이 아픈 줄
미처 알지 못했어요
창밖에 내리는 비는
이내 마음을 아시는지
아무 대답도 없이
온종일 부슬부슬 내리지요
하지만 내님은
이제 곧 돌아오실 님
이대로 아주 가시지는 않겠지요
이내 몸
애타게 기다리는 이곳으로
이 눈물의 비가 그치기 전에
기어이 돌아오시겠지요

그대는 내 사랑

누가 뭐라 해도
그대는 내 사랑

그대가 내 곁에 있음은
신의 축복이며 사랑입니다

바라만 보아도 좋고
그대의 목소리만 들어도

그냥 좋은걸 어떡하나요
바라보는 눈빛 속에

서로의 사랑의 마음
좋아하는 마음이 배어나와

그 옛날의 어려움은 다 잊어버리고
그리워하는 마음, 사랑하는 마음만

간직하고 있으니 그냥 좋을 수밖에…
그분이 주신 축복을 잘 간직해 보아야지요

그대 마음

나는 보았네 그대의 모습을
나는 느꼈네 그대의 마음을
비록 가는 길이 서로 다를지라도
이미 그대의 마음은 내 마음인 것을…

하지만 서운해 하지는 마오
떨어져 있는 그 마음이 진실이라면
서로가 도움이 될 날도 있을 거요

서로가 행복을 빌어주는
아름다움이 계속되기를…

그녀의 마음을 아프게 하면

그녀의 마음을 아프게 하면
내 마음이 편하지 않다

그녀의 가슴에 한이 서리면
내로서는 뒷감당하기가 어려워진다

여기까지 오기 전에
여인을 마음 아프게 하지말자

그녀에게 조금 양보하고
조금 공감하고, 많이 보듬어주고

함께하는 삶을 살려고 노력하자

진심어린 내 행동이 그녀에게
전해진다면 반드시 그녀는

내게 살포시 안기어 올 줄 믿는다

이 세상의 남정네들이여
이제 밖에서 바라보던 시선을

그녀에게 돌려볼 때다

그대는 가고

그대는 가고
창밖에는 까만 어둠이 내려오고 있어요

그대 떠난 자리에도 어둠이 밀려들고 있어요
얼마 안 되는 짧은 시간이지만
이 사람은 그대를 기다리고 있다오

나 그대가 올 줄을 알고 있지만
그대 떠난 자리 허전하여
다시금 그대를 기다리는 이 마음을
어떻게 표현할 수 있을까요?
아마 그대 병이 다시 도진 것이 아닌가요

그대는 가고 떠나 있지만
그대의 그리운 향기와 마음만은
이 사람과 같이 하고 있어요
그대여, 돌아와요, 어서
이 사람이 기다리는 내 곁으로

그대는 가고
창밖에는 까만 어둠이 내려오고 있지만

그대를 기다리는 이 사람은
님께서 오시는 발자욱소리에

초점 맞추고 그대모습 그리어 봅니다

그녀와의 나들이

그녀와의
오랜만의 세상나들이는
조그맣고 동그란 얼굴에
핑크빛이 돌게 하는
플러스알파가 되었다

호숫가 카페창밖의 기온은
35~6도를 윗돌지만
마냥 좋아라하는
그녀의 얼굴만 바라보면
트레이에 받쳐놓은
아이스커피가 다 녹는 줄 모르고

그냥 펜 가는 대로
써 내려가는 주홍 글씨가
속도감을 더해간다

아, 오늘만 같아라
내게 소원이 있다면

그녀가 환한 미소로
내 곁에 오래 있어 주길 바라는
아주 소박한 꿈이다

이 좋은 날이
계속되었으면 좋겠다

고마움

밤새 쌕쌕거리며
힘들어하는 그녀 몰래

이른 아침일어나
아침때거리를 준비하는

내 마음이 그래도 감사한 것은
그녀가 내 곁에 있다는 것이다

부지런히 밥하고 계란찜을
하고나니 그녀가 눈비비고 나온다

그녀가 낮에 먹고 싶다는
고구마 찌는 것을 마지막으로

내 임무를 끝내고나니
등에 땀이 흐른다

오늘도 좋은 날이 되어라

나에게 당신은

나에게 당신은 누구인가요?
당신의 이 말 한마디가
가슴속깊이 눈물 응어리 되어
울컥울컥 넘어오네요
못 다한 한이 있어 그런가요
괜스레 이 아침에 당신이
내 맘에 들어와 이놈의 가슴을 후벼 파네요

당신! 약한 마음 갖지 말고 강하게 살아주는 것이
내게는 큰 힘이 된다는 것을 잘 아시리라 믿으오

오늘도 당신은 내 모든 것이라고 고백하고 싶소…

옛追億

朝夕으로 쌀쌀한 날씨가 옛追億을 떠올리게 하네요
20수년전 生活의 어려움에 안양 관양동 冠岳山자락의
작은 보금자리에서 生活할 때
님께서 抛機하지말고 살아야 한다는
사랑의 激勵에 힘 입어 다시 새삼을 꾸렸던 時節이
走馬燈처럼 逆필림되어 되새겨지곤 하네요

오늘같이 깊어가는 가을아침
님께서 보여주신 사랑에 힘 입어 달려 나가는
아침의 出勤길 틈바구니에서
님에 대한 고마움을 새삼 느끼며
그동안 잊고 살았던 모자라는
이 사람을 容恕하시길 바랍니다

나날이 내려가는 아침기온에
몸管理 잘하시길 잠시나마
念勵를 해봅니다

그대와 함께라면

그대와 함께라면
즐거운 콧노래를 부르며
내 길의 종착역까지 갈 수 있을 것 같소

비록 조석으로 찬 기운이 느껴지는
늦가을의 초엽의 기온이지만

그대와 함께라면
따듯함을 피부에 느낍니다

오늘의 고통이 지나면
평안함과 고요가 가까이 와요
그대의 포근한 마음과 함께
나는 지금 진한 행복을 느낍니다

그대로부터 어떠한 어려움이 와도
나는 포기하지 않겠소
그대의 밑바닥에 깔려있는
그 잔잔하고 따듯한 마음을 알기에

지금 이시각도 가만히 그대 곁으로
바싹 다가가고 있습니다…

너를 좋아한다는 것은

너를 좋아한다는 것은
가을날 저녁하늘에 쏟아지는
미리내의 별빛 과같이
아름다운 때도 있지만

너의 뼈골 깎아먹는 아픔과
가슴속에 숨겨져 있는
마음의 응어리까지도
다 감싸 안을 수 있는
사랑이 있어야 하며

너에게서 뿜어져 나오는
역겨운 냄새까지도
같이 호흡할 수 있는
인내심이 있어야
비로소 너를 좋아한다는 말을
꺼낼 수 있을 것 같다

하지만
내가 너를 좋아한다는 것이
이와 같았으면 좋겠다

나를 바라보는 당신

나를 바라보는 당신의 눈빛은
온유한 눈빛입니다

때로는 차갑게 싸늘할 때도 있지만
곧 포근하고 따스한 눈빛으로

이 사람을 향하곤 하는 것을 압니다
10월의 파아란 하늘의 그 따사로운

햇빛처럼 나의 곁에서 바라봐 주길
바라는 이 마음은 당신을 향한

이 사람의 욕심일까요

부디 같이하는 그날까지
이 사람도 당신 곁을 지켜드리리다

이 마음은 당신을 향한 나의 마음입니다

그대의 시선은

그대의 시선은 어디에
머물러 있나요

한결 더 차가와진 싸늘한 기온은
당신의 따듯한 눈길이 와주길 바라는

정에 굶주린 이들이 기다리는
에리고 시린 날이다

어서 애틋하고 따사로운 마음으로
그들에게 다가가자

하얗게 성애내린 산지의 오두막에도
창문열고 누군가를 기다리는
기다림에 지친 이들이 있다

달려가 보자 어서
나를 기다리는 외로운 이들에게…

사랑의 화신

얼어붙은 마음을 녹이려면
그대의 따듯한 마음이 필요하오

그대의 마음은 사랑방의
군불 땔 때 올라오는 훈훈함처럼
따듯하게 피어올라오는
아름다운 사랑의 화신이오

오늘같이 차가운 날에는
그 온화하고 따듯한 온기로 녹여줄
그대가 내 곁에 있었으면 좋겠다

그 따듯함이 간절한 날
그대는 내 곁에 머물러 있어야 하오

지금 부뚜막에는 팔팔 끓는
도라지생강차가 대기하고 있지요
그대에게 보내는 아름다운 마음을 담아…

이미 나는 욕심꾸러기가 되었다

기다림

그대가 가시고 싶다 해도
이녁은 그대를 보내드릴 수 없는 것이
본마음인걸 아시리라 믿소

그대의 마음을 헤아리는
이녁의 마음이 부족한 듯 하오
미련한 욕심인지 몰라도

그대는 한 번 더 헤아려 보시길 바라오

바랄 수 없는 중에 바라는 것이 아니라
그대를 향한 이녁의 마음은
바랄 수 있는 중에 바라는
최고의 실상인 것이기에

이녁은 지금 그대를 향한 안테나에
초점 맞추고 아주 미세한 전파도
놓치지 않고 귀 세우고 지금도 기다립니다

지독한 그리움

못 견디게 그리움이 스며드는 저녁
누워있다, 일어났다를 반복하며
자꾸 그리워지는 사람이 있다

그 사람이 어디 어느 곳에 있든지
날마다 시간마다 그리워지는
이유는 무얼까

내 마음이 약해서일까
아니, 그것은 아마도
아련히 쌓여오는 미련 때문일까

날씨가 추워지거나 계절이 바뀌거나
비 오는 날이거나 눈이 오는 날이면
더욱더 그리워지는 사람이 있다

이 저녁에도 그리워지는
그 사람에게 신호를 보내본다
아름다운 사람이여
그리운 사람이여

그대들도 신호 한번 보내보시길…

그 사람

그 사람이 거기 있으니
나, 여기서 편안히 일하고 있다

그 사람은 나의 우산이 되었다
나, 그 사람의 우산을 쓰고 가고 있다

그대의 우산은 어디에 있는가?

예전처럼

새벽안개 걷히기 전 아침출근을 서두르며
벅차오르는 가슴을 억누를 수 없는 이 마음을
무어라 표현해야 좋을까…

그녀에 대한 고마움과 주위에 있는 분들의 도움으로
하루하루가 벅차고 가슴 뿌듯하니
그저 감사할 따름이다

내 옆에 그녀가 있어주어 고맙고
지금 이 시각에도 내가 존재할 수 있어 고맙고
아직까지 다닐 수 있는 직장이 있어 고맙다

이렇게 늘 고마운 마음으로
모든 것을 이해하고, 용서하고 살아가다 보면
옆에서 돕는 분들이 많이 나타나는 것을 느끼게 된다

불현듯이 이제 봄인가 했더니 초고속으로
여름이 오려는지 너무 따사로운 느낌이다
오늘도 가슴 뭉클한 하루를 만들어 보아야겠다
예전처럼…

그이가 보고 싶을 때는

그이가 보고 싶을 때는
하모니카를 붑니다
그이가 미치도록 보고 싶을 때는
자기를 그리며 치라고 사주신 피아노를 칩니다

그이가 여행을 떠나
집을 비워 홀로 외롭고 적적할 때 불라고
사다주신 하모니카를 붑니다

그이는 늘 나의 동반자이며
이 세상에서 가장 친한 친구이며
언제나 늘 곁에서
사랑하는 가족과 부족한 나를 지켜주는 지킴이입니다

비 오는 날, 찌푸린 날, 바람 부는 날
문득 그이가 보고 싶을 때면
하모니카와 피아노로
그이를 그리며 그 사람이 좋아하는 음악을 연주하는 것이
나의 가장 행복한 시간입니다

여러분 곁에 외로움이 밀려들 때에는
어떻게 하시나요?

오늘 한번 하모니카를 연주해 보시지 않으실래요…

그대는 한 마리 새가 되어

아지랑이 긴 머리처럼 날리는
따사로운 봄날
그대는 한 마리 새가 되어
푸른 하늘에 동그라미를 그려 보아요

아득히 내려다보이는
마음속에 그리던 그곳을 향해
아름다운 비행을 시작해 보아요

점점이 분홍빛으로 수놓은
뒷동산 넘어 강나루 가로질러
자전거길 따라 날아 보아요

겨울동안 닫혀 답답했던 창문을 열고
마음속에 그리어오던 사람의
눈부시게 아름다운 꽃길 비행으로 마중 가봐요

확 터져 나오는 무언가를 느낄 수가
느낄 수가 있을 거예요…

五月이 가면

五月이 가면 푸른 蒼空이
얼마나 아쉬워할까

하늘에는 점점이 흰구름만 맴도는데
한번 가시면 그님은 소식도 없겠지요

다시 오시려면 360여 긴긴 날
그대만을 기다려야 하는 이네마음은
가슴이 메어서 울어야겠지요

매년 오월 모내기 할 때면
그리 울던 맹꽁이도
이제 지쳐 울지 않나 봅니다

하얀 찔레꽃 내음만 남겨두고
진정 그대는 떠나시려나요

애간장 녹는 이네 마음도
헤아려 주시구려

360여 긴긴 날
그대만을 기다리며
울기만 하여야 할까봐요

긴긴 기다림의 날들을…

추억의 아름다운 여행

그대의 화사한 얼굴에
향기로운 사랑의 꽃이 피면

사랑의 향기는 바람을 타고
북쪽으로 날아 아름다운 여행을 시작해요

그 사랑의 향기는
자주 오르던 평택의 뒷동산에서
한바퀴 빙돌아 내려와

그리던 형님댁에 들러
아름다운 자태로 피어있는
뜰앞의 백합화와 부드러운
입맞춤을 하고 예전에 살던
그집을 지나 다시 남쪽으로
아름다운 비행을 시작하는
여정이 요즈음의 일상이지요

그대는 이 아름다운 여정을
날마다 꿈꾸고 계시겠지요…

당신과 내 사이

가까이 있을 때는 언짢은 듯하지만
떨어져 있으면 보고파하고 비어 있는 것 같은 사이
이 사이는 분명히 당신과 내 사이
서로 한 몸 이룬 사이
바로 남편과 아내 사이랍니다

같이 있을 때는 서로 뽀루퉁 하면서도
곁에 없으면 적적한 사이
그 사이가 바로 부부사이랍니다

늘 마음은 서로 잘해야지 하면서도
곁에 있으면 곧 그 마음을 잊어버리는 사이
그 사이가 바로 당신과 나의 사이랍니다

이제는 그러지 말아야지 하면서도
오늘 또 실수를 연발하는 그 사이가
애들의 엄마와 아빠사이랍니다

그 많은 세월을 헛산 것도 아닌데
서로의 마음을 읽으면서도
매번 읽은 마음 고치지 못하는 사이
그 사이가 남편과 아내사이 인가 봅니다

오늘은 주말
너른 들판의 고개 숙인 벼이삭을 바라보면서
서로의 아집을 숙일 줄 아는
아름다운 부부사이가 되었으면 합니다

그대가 건네준 것은

그대가 이 가을의 문턱에서
나에게 건네준 것은 가까이 있는 사람들에게

그냥 조건 없이 줄 수 있는 것을 줄 수 있을 때
주라는 것이었지요

그 말을 듣고 무척이나 망설이고 번민하던 내가
이제서 그 마음을 조금 알 것 같습니다

자기가 아파서 누워 있어보면
누가 나 위해 나 대신 일해 줄 사람이 없을까
생각해 보게 됩니다

사람의 마음은 자기가 아프거나
약한 위치에 있을 때 걱정해주고
생각해주는 사람이 있을 때
제일 고맙고 감사한 마음이 드는 것은
같은 이치가 아닐까요

그대가 나에게 건네준 큰 선물은
가까운 이들에게 아무 조건 없이 주라는
그 말은
이 가을에 들어서 최고의 선물이 되어
깊어가는 가을을
온통 빨갛게 물들여 가고 있습니다

그녀가 기다리는

퇴근할 시간이면 하루의 피로를 털어버리고
일터를 나와 전철역을 향하여 내달리는 기분은
세상 최고의 날아가는 기분이다
전철에 몸을 싣고 그녀가 기다리는
우리들의 보금자리를 향해 달려간다

이미 내마음속에는 관악전철역 너머로
노오란 그녀의 눈썹 같은 초승달이 뒷산마루에 걸리었다
전동차가 정차하기 무섭게 얼른 내려서 계단을 내려간다

마음속에는 벌써 기다리는 그녀가 들어와 앉아있다
어서 가야지 비록 비좁고 옹색한 셋방이지만
그녀가 이녘이 돌아오기만을 기다리고 있을 그곳을 향해
오른팔을 돌려가며 부지런히 발길을 내딛는다

뒷산마루에 걸린 초승달이 곧 숨이 지려나
등성이 산마루 나뭇가지에 걸린 모습이 아름답다

어서 가야지 그녀가 기다리는
그녀와의 보금자리로…

어두어져 가는 저녁 하늘빛이 까맣게 변하였다

이번에는 왼팔을 돌려대며 내달린다
그녀가 기다리는 내 작은 집을 향해